B EETHOVEN
V IVE ARRIBA

BEETHOVEN VIVE ARRIBA

DE
Barbara Nichol

TRADUCIDO POR
Frederick Richard

Santillana

Original Title: Beethoven Lives Upstairs

First published in Canada in 1993 by Lester Publishing Limited

© 1996 by Santillana Publishing Co., Inc.
2043 N.W. 87th Ave.
Miami, Florida 33172

Text © 1993 Barbara Nichol
Illustrations © 1993 Scott Cameron

Printed in Hong Kong through Palace Press International

ISBN: 1-56014-619-2

Para Jessica, Benjamin y Sarah Eisen, y

para Elizabeth y Jonathan Milroy, con

todo el cariño del mundo

-B. N.

A mis padres, Jim y Terry Cameron

-S. C.

*E*l jueves 29 de marzo de 1827, los habitantes de Viena se agolparon en las calles para rendir su último homenaje a Ludwig van Beethoven, el gran compositor, quien había muerto tres días antes.

A las tres de la tarde, nueve sacerdotes bendijeron el féretro, y el cortejo fúnebre salió de la casa de Beethoven en dirección a la iglesia. Era tanta la muchedumbre que se había congregado que la travesía de una sola cuadra demoró una hora y media.

Yo no me encontraba en Viena en ese memorable día. En esa época estaba en Salzburgo estudiando música. Pero, si hubieran mirado con atención, habrían visto en medio de la multitud a un niño de rostro sombrío. Ese niño es Christoph, mi sobrino; y hubo un tiempo en que él llegó a conocer muy de cerca al señor Beethoven.

Éstos no fueron tiempos felices para Christoph : tenía sólo diez años de edad, y su padre acababa de fallecer.

Las primeras cartas de Christoph llegaron a mi puerta en el otoño de 1822. Me sorprendió que hubiera escrito, ya que hacía algunos años que no veía a mi sobrino...

7 de septiembre de 1822

Querido tío:

Espero que te acuerdes de mí. Soy yo, Christoph, tu sobrino, quien te escribe. El porqué de mi carta no te he de ocultar; escribo, tío, porque ha sucedido algo terrible: un loco se ha mudado a nuestra casa.

¿Recuerdas que, cuando papá murió, mamá decidió alquilar el consultorio que él tenía arriba? Pues bien, ya lo ha hecho y Ludwig van Beethoven es quien se ha mudado allí.

Todas las mañanas al amanecer, el Sr. Beethoven empieza a hacer su insoportable ruido. Fuertes golpes y alaridos que traspasan el piso nos llegan hasta abajo que parecen ser los mismos sonidos que lanza una bestia herida. Así se la pasa este señor durante toda la mañana; y, luego del almuerzo, se lanza a la calle. Finalmente regresa, en algunas ocasiones mucho después de que la casa ya está en silencio por la noche, dejando a su paso un rastro de lodo y subiendo las escaleras con fuertes pisadas que retumban encima de nosotros.

Mamá dice que él no tiene la culpa de esto: es sordo y no puede oír el ruido que hace. Pero despierta a las mellizas, que enseguida comienzan a llorar; y lloran el día todo.

Tío, necesito que accedas al pedido que te voy a hacer: te ruego le pidas a mi madre que le diga al Sr. Beethoven que se vaya de casa.

Tu sobrino,
Christoph

10 de octubre de 1822

Mi querido Christoph:

Llegué anoche y encontré tu carta sobre la mesa de la sala. ¿Me preguntas si es que me acuerdo de ti? Pero, ¡claro que sí!

Te cuento también que he recibido una carta de tu madre. Como sabrás, está muy preocupada por ti y quiere verte contento. Ella me asegura que, aunque puede que el Sr. Beethoven sea un poco excéntrico, de ninguna manera está loco.

Christoph, el Sr. Beethoven se tranquilizará pronto, estoy seguro. Sé que dentro de muy poco la vida será más apacible.

Tu tío,

Karl

Después de haber contestado la carta de mi sobrino, salí de Salzburgo
por unas semanas para atender cuestiones relacionadas con mis
estudios. A decir verdad, no esperaba más mensajes.
Las tres cartas que siguen llegaron en mi ausencia.

22 de octubre de 1822

Querido tío:

Espero perdones la molestia que te causo, pero estoy seguro de que querrás enterarte de las noticias que tengo. Te hago saber que nuestra familia se ha convertido en el hazmerreír de Viena.

Esta mañana, al abrir la puerta de la calle, encontré a un gentío reunido frente a nuestra casa. Miraban en dirección a la ventana del Sr. Beethoven y se reían. Ansioso por ver a qué se debía todo aquello, yo también miré. ¿Y qué fue lo que vi? Al Sr. Beethoven ojeando una partitura... ¡desnudo! ¡Qué espectáculo más horrible!

Tío, tienes que verlo cuando se dispone a salir por la tarde, tarareando o más bien gruñendo melodías, haciendo movimientos con los brazos, con los bolsillos rebosantes de papeles y lápices. Por la calle los niños corren y le gritan improperios.

El Sr. Beethoven es tan famoso que a veces la gente se para frente a nuestra casa con la esperanza de verlo. Pero, eso sí: si alguien pregunta, yo contesto que se ha mudado.

Tu sobrino,

Christoph

29 de octubre de 1822

Querido tío:

Ahora puedo decir que he visto con mis propios ojos la locura del Sr. Beethoven. Te contaré esta anécdota con la esperanza de que por fin te decidas a hacer algo.

Anoche, cuando me preparaba para ir a la cama, se me ocurrió mirar hacia arriba y vi que había gotas de agua que se acumulaban en el cielo raso.

Como de costumbre, mamá estaba ocupada con las mellizas; así que subí por la escalera y me dirigí sigilosamente a la habitación del Sr. Beethoven. Miré adentro y allí estaba él, sin camisa y con una jarra de agua en las manos. Se estaba echando el agua en la cabeza, justo en el medio del cuarto, mientras daba pisotadas en el suelo como si estuviera marchando o escuchando una canción.

¡Quisiera que vieras el estudio de papá! ¿Recuerdas lo ordenado que era? Pues, ahora está lleno de papeles tirados por doquier: en el piso, en las sillas y en la cama sin hacer. Hay una pila de platos sucios y ropa esparcida por el suelo. Y, como si esto fuera poco, ¡el Sr. Beethoven escribe en las paredes con un lápiz!

No le dije nada, lógicamente. Por suerte, no me vio, y bajé corriendo la escalera.

Tío, si es que estás dispuesto a echarnos una mano, éste es el momento más oportuno.

Christoph

5 de noviembre de 1822

Querido tío:

Una semana más ha pasado, pero la tranquilidad aún no llega a nuestra casa.

Tío, he estado pensando. Si el Sr. Beethoven se marchara de aquí, de seguro encontraríamos una persona agradable que viniera a vivir al apartamento de arriba. Las habitaciones son amplias, y a los pacientes de papá siempre les ha gustado la vista al río. Papá solía llevarme en sus hombros a la ribera, incluso hasta la empinada cuesta que está detrás de nuestra casa.

De todas las partes de la casa, creo que me gusta más estar afuera. Allí puedo estar a solas y escapar del ruido que hay dentro. Pero en este día, hasta el perro callejero que suele vagar por aquí se hacía oír con su quejido.

Te saluda,

Christoph

22 de noviembre de 1822

Mi querido Christoph:

El día de hoy he regresado a casa luego de ausentarme a hacer una visita y he encontrado tres cartas tuyas que me aguardaban. Tengo que admitir, sobrino, que el Sr. Beethoven no parece ser un huésped muy fácil de llevar.

Pero puede que te sirva de ayuda el decirte que, por extraño que este señor parezca, hay razones por las cuales él se comporta de esta manera.

Se dice que el Sr. Beethoven está componiendo una sinfonía; y, así, durante todo el día está oyendo su música en la cabeza. Se me hace que no se pone a pensar en lo raro que él a veces nos puede parecer.

Mañana salgo nuevamente para Salzburgo y viajo hasta Bonn con unos amigos. Bonn, como sabrás, es la ciudad en que nació el Sr. Beethoven. Con certeza encontraré algo para contarte y de seguro te escribiré a mi regreso.

Tu tío Karl

10 de diciembre de 1822

Querido tío:

Han transcurrido tres meses desde que el Sr. Beethoven se mudó a nuestra casa; pero, hasta la fecha, por aquí nada ha vuelto a la normalidad.

El Sr. Beethoven tiene un amigo llamado Schindler que lo visita casi todos los días. "Pobre Sr. Beethoven", suele decir; "¡qué solo está!".

Como sabrás, el Sr. Beethoven está sordo. Los que lo visitan tienen que escribir en un cuaderno lo que quieren decir. Él lo lee y les contesta casi a gritos. Su voz es grave y algo ronca.

Los ojos del Sr. Beethoven también están debilitados. Cuando trabaja por largo tiempo a la luz de las velas, los ojos le empiezan a doler. A veces, se sienta en la silla, solo, con la cabeza cubierta con un paño para protegerse de la luz; y ahí se queda, sin poder oír ni ver.

En verdad, tío, que no hay hora del día en que olvide que el Sr. Beethoven está en la casa.

Tu sobrino,
Christoph

Regresé a Salzburgo a finales de enero de 1823

22 de enero de 1823

Querido Christoph:

Justo hoy he regresado del lugar en que nació el Sr. Beethoven. Parece ser que a su familia se la recuerda bien en ese sitio.

Según cuentan, su abuelo fue músico y estaba a cargo de toda la música del palacio. También fue músico su padre. Pero, este señor era un hombre desdichado que se daba a la bebida. Así, pues, su hijo, el Sr. Beethoven, no tuvo una infancia feliz.

Los que vivían cerca de su casa recuerdan que muy por la noche solían oír música que venía del ático. En algunas ocasiones, el padre del Sr. Beethoven llegaba a la casa ya bien entrada la noche y sacaba de la cama al niño y le hacía practicar el piano hasta el amanecer.

Cansado, con frío y llorando, el pequeño Beethoven pasaba toda la noche tocando. Cuando al fin salía el sol y sonaban las campanas matutinas, él iba a acostarse.

Te envío esta carta ahora mismo, esperando me contestes lo antes posible.

Con cariño,

Tu tío Karl

4 de febrero de 1823

Querido tío:

Esta tarde ha llegado un mensajero con una esquela para el Sr. Beethoven. El mensajero me dijo: "Esto lo envía el príncipe Karl Lichnowsky. Pero el Príncipe dio instrucciones de no molestar al Sr. Beethoven si su puerta está cerrada".

El Sr. Beethoven tiene que ser un hombre de muy mal genio si hasta los príncipes lo temen.

Tu sobrino,

Christoph

15 de febrero de 1823

Querido Christoph:

Estuve pensando acerca de lo que me contaste del Príncipe. No me parece, Christoph, que el Príncipe le tenga miedo al Sr. Beethoven. Creo que le está mostrando respeto. En Viena, se aprecia tanto la música que hasta los príncipes se cuidan en la presencia de un compositor.

Infelizmente, el Sr. Beethoven no ha sabido reciprocar esa amabilidad. Él no se ha comportado con gentileza con la gente de Viena, a pesar de que ellos han hecho todo lo posible por agradarlo. El Sr. Beethoven ha sido siempre grosero en sus modales, rechazando invitaciones, no vistiéndose apropiadamente para sus visitas y llegando tarde a sus citas.

A veces se enoja cuando se le pide que toque sus composiciones. Corre por ahí una anécdota muy famosa de una gran señora que se hincó de rodillas una tarde para rogarle al Sr. Beethoven que tocara. A pesar de eso, él se negó.

También se cuenta que hubo un príncipe que le hizo broma por el hecho de que no había tocado durante su banquete. Sobrecogido por la ira, el Sr. Beethoven dijo: "Príncipes hay muchos, pero hay un solo Beethoven".

Yo opino, Christoph, que al Sr. Beethoven más tiene que temerle un príncipe que un niño.

Con mucho cariño,

Tío

26 de febrero de 1823

Querido tío:

No tengo nuevas hoy; pero, ¿te acuerdas que una vez te conté de un perro callejero que estaba gimiendo en la calle? Sucede que he encontrado la manera de hacer que deje de llorar.

El perrito es pequeño y manchado y se pone muy contento cada vez que le doy un trozo de torta de mi merienda.

Christoph

2 de marzo de 1823

Querido Christoph:

Otra vez vuelvo a contestarte enseguida porque te he estado haciendo algunas averiguaciones.

Hoy he hablado con un hombre que en una oportunidad había trabajado para el Sr. Beethoven copiando la música para los instrumentistas. Me dijo que el Sr. Beethoven nunca se queda en una casa por mucho tiempo y se muda muy a menudo, en ocasiones hasta tres veces por año.

Hay veces en que el Sr. Beethoven quiere una casa con más sol; otras veces, con más sombra. Hay ocasiones en que dice que no puede vivir en la planta baja y otras en que no puede vivir en la planta alta. También cuentan que en más de una oportunidad le han pedido que desalojara el lugar.

El Sr. Beethoven es una persona muy inquieta; así que es posible que dentro de muy poco tu deseo se te cumpla y venga gente menos ruidosa a vivir en el piso de arriba.

Pero mientras tanto, dime: ¿es cierto, como he oído decir, que el Sr. Beethoven tiene tres pianos en su habitación?

Abrazos de,

Tu tío

10 de marzo de 1823

Querido tío:

En contestación a tu pregunta, te digo que no es cierto que el Sr. Beethoven tenga tres pianos; ¡tiene cuatro! ¡Y hay que verlos! Para comenzar, algunos de ellos no tienen patas. Él se las ha quitado para poder mudarlos de lugar y para poder tocarlos sentado en el suelo. Así puede sentir lo que toca a través de las tablas del piso, cosa que tiene que hacer porque, como sabemos, no puede oír.

Pero es un milagro que sus pianos se puedan siquiera tocar, porque muchas de sus cuerdas están sueltas y enrolladas. Parecen nidos de aves hechos de alambre; y, además, los pianos están todos manchados por dentro de las veces en que ha tumbado el tintero con su manga.

El Sr. Beethoven tiene todo tipo de campanas sobre su escritorio; también cuatro cornetas acústicas para poder oír, y un aparato llamado metrónomo. Es una pequeña caja que tiene una varilla encima que gira como un péndulo y les indica a los músicos la velocidad con la que tienen que tocar.

El Sr. Beethoven me ha dado un apodo. "Pequeño guardián", me dice él, porque siempre me encuentra sentado en el escalón de la entrada.

Te saluda,

Christoph "el Pequeño Guardián"

2 de abril de 1823

Querido Christoph:

Tu carta acerca del piano del Sr. Beethoven me hizo acordar de que hubo una época en que él era más conocido como pianista que como compositor.

La primera vez que vivió en Viena, el Sr. Beethoven solía tocar su música con las orquestas, sin tener enfrente siquiera una sola nota escrita en partitura. Todo lo tenía en la cabeza.

¡Y hay que ver lo que tocaba! Su música era tan bella que los que la oían se ponían a veces a llorar. Pero el Sr. Beethoven se reía de ellos y decía: "Los compositores no lloran. Los compositores están llenos de fuego".

Desde luego, ahora que el Sr. Beethoven está sordo, toca el piano con el golpeteo estrepitoso que sueles oír arriba todo el día.

Y tengo otra anécdota que contarte sobre su sordera. Una tarde, el Sr. Beethoven estaba caminando por el bosque con un amigo. Un pastor estaba tocando la flauta por allí cerca y el amigo del Sr. Beethoven dijo: "¡Escucha!", y se paró a oír la flauta. Pero el Sr. Beethoven no oyó nada; y, ese día, supo que estaba perdiendo el oído.

Cuando era todavía joven, el Sr. Beethoven empezó a oír un zumbido en los oídos. Primero, perdió la facultad de oír notas agudas; luego, no pudo oír voces suaves. ¡Qué aterrador debió de haber sido esto para él, Christoph, y qué solo se ha de sentir ese hombre!

Al oír la historia del Sr. Beethoven, me convenzo de que soy el hombre más afortunado del mundo.

Tu tío

21 de abril de 1823

Querido tío:

¿Recuerdas que te había contado que el Sr. Beethoven sale todas las tardes a caminar? ¿No te preguntas adónde va? Pues, yo ahora ya lo sé, y te lo contaré.

Mamá a veces me dice que en vez de pasármela en los escalones de la entrada, sería bueno que me quedara dentro. Pero creo que cambió de opinión esta mañana.

A mí se me había ocurrido un juego para jugar con las mellizas: enrollé un trozo de cartón en forma de corneta acústica y, poniendo una de las puntas al oído de Teresa, le dije bien fuerte: "BUENOS DÍAS, TERE!". Enseguida, la niña se echó a llorar. Mamá dijo que eso le había dolido al bebé. Así que volví a irme afuera y a sentarme en la entrada donde siempre me solía colocar.

Luego bajó por la escalera el Sr. Schindler y me dijo: "El maestro necesita lápices". Y de inmediato me dirigí a la tienda.

Cuando volví, el Sr. Schindler se había ido. No había nadie arriba, a no ser por el Sr. Beethoven, quien se encontraba escribiendo en su escritorio. Para llamar su atención, di fuertes pisadas y, al ver que no se percataba, empecé a dar pisadas cada vez más fuertes hasta que, de pronto, me oyó. Se volteó, me vio y se rió. En verdad, cuando él se ríe, suena como si fuera un león.

Así es que hoy fui a acompañarlo en su caminata. A veces, al Sr. Beethoven se le olvidaba que yo iba con él. Se ponía a tararear y a ratos agitaba los brazos. Sacaba sus papeles y hacía algunas anotaciones.

Caminamos por las afueras de Viena hasta los altos bosques y los cruzamos hasta llegar a los campos. Tío, si nos vinieras a visitar, te mostraría el sitio por donde caminamos hoy.

Christoph

En julio de 1823, llegó la siguiente esquela, inacabada y sin firma. Christoph estaba entretenido, creo yo, con las diversiones del verano y estaba muy ocupado como para escribir cartas. Esta esquela me fue enviada por su madre, acompañando la carta que ella me había escrito.

30 de junio de 1823

Querido tío:

La primavera ha llegado y ya se ha ido. Es verano y reina el silencio en la casa porque esta noche el Sr. Beethoven se ha ido a Baden, donde pasará los meses más calurosos. Allí terminará su sinfonía y luego volverá.

En este momento en que te escribo ya es hora de ir a la cama, pero no consigo dormir con la luz del sol que entra por las persianas. Desde mi cuarto puedo oír a mamá tocar el piano, tal como ella lo solía hacer cuando era pequeño.

Me he quedado aquí sentado pensando en algo que el Sr. Schindler había dicho: "El Sr. Beethoven trabaja tanto porque cree que la música puede cambiar el mundo".

En el otoño de 1823, el Sr. Beethoven regresó

a Viena de su casa de verano.

29 de octubre de 1823

Querido tío:

El Sr. Beethoven ha vuelto, por lo que la casa está de nuevo alborotada. Alguien le regaló otro piano, y fue muy difícil subirlo por la escalera.

Luego, anoche, él dio una fiesta, a la que vino mucha gente, que estuvo entrando y saliendo hasta muy tarde. Y, cuando más alegres se ponían arriba, más ruido teníamos que soportar nosotros abajo.

Al final, no nos fue posible dormir. Se podía oír a dos señoras cantar. Las había visto anteriormente, riéndose en la escalera. A ellas se les llama sopranos porque son cantantes que pueden alcanzar notas muy altas.

El Sr. Beethoven tiene un ama de llaves, que dice que, cuando las sopranos suben la escalera, él corre a cambiarse el chaqué, como si fuera un jovencito. Además, él no deja que ella les prepare el café a las señoras: tiene que estar perfecto, con exactamente sesenta granos de café por taza, que él mismo cuenta.

Tío, le he preguntado a mamá si es que puedes venir a visitarnos y me dijo que estaría encantada. Me dijo que disfrutarías muchísimo con todo lo que sucede.

Christoph

4 de enero de 1824

Querido Christoph:

No sé cómo decirte lo contento que me puse al recibir tu carta, y perdóname que te conteste tan tarde. ¿Sabías que también tu madre me ha escrito? Ella me cuenta que todo el día entran y salen de tu casa una cantidad de músicos conocidos.

Dado que el Sr. Beethoven está escribiendo su Novena Sinfonía en tu propia casa, quizás te interese esto que he oído. Según se dice, el Sr. Beethoven se ha convencido de que no se lo aprecia en Viena. ¡Incluso estuvo a punto de aceptar estrenar su sinfonía en Berlín! Sin embargo —me alegra decirlo— fueron tantos los que le rogaron que cambiara de parecer, que al final accedió.

Además, se dice que los miembros de la orquesta se están quejando de sus partes. Los contrabajos dicen que la música del Sr. Beethoven es muy rápida para sus instrumentos. Las sopranos se quejan de que las notas son demasiado altas. Por toda Viena, los músicos están teniendo problemas con la partitura. La sinfonía del Sr. Beethoven va a ponerle música al poema "Oda a la alegría".

He oído decir también que, como el Sr. Beethoven es sordo, va a dirigir la orquesta junto a otro director: uno que pueda oír, lógicamente.

Y, dejando a un lado estos grandes acontecimientos, "Pequeño guardián", ¿qué tal va todo por tu casa? ¿Tus hermanitas siguen atormentándote con sus gritos? Es posible que no dentro de mucho tendré la oportunidad de oírlas yo mismo.

Tu tío Karl

27 de marzo de 1824

Querido tío:

Sé que lo que voy a decirte te va a sorprender, pero esta vez son buenas noticias las que tengo.

Estaba hoy parado en el rellano de arriba cuando vino una de las sopranos a conseguir entradas para el concierto. Te puedo decir que, después de hoy, ésta es mi soprano predilecta.

Ella tenía algo que pedirle al Sr. Beethoven y se lo escribió en su cuaderno. Luego la señora escribió otro pedido, le pasó el cuaderno y me guiñó el ojo.

Él leyó lo que ella había escrito y dijo: "Pero, ¡cómo no! El niño y su madre también tendrán entradas". Y yo, con el mayor esmero, le escribí "Gracias" en su cuaderno. Así que, como ves, mamá y yo vamos a ir a la Novena Sinfonía.

En cuanto a las mellizas, tío, te cuento que me siguen atormentando. Parece que a eso fue que vinieron a este mundo.

Ahora les he dado un nuevo apodo a mis hermanitas: las llamo "las sopranos", lo que a mamá le hace mucha gracia.

Te saluda,

Christoph

20 de abril de 1824

Querido tío:

Ahora es cuando me doy cuenta de que últimamente todos por aquí habíamos estado muy contentos. Me doy cuenta porque en los últimos días nuestra felicidad se ha vuelto a esfumar. Con la Novena Sinfonía a pocas semanas de estrenarse, el Sr. Beethoven está de un humor horrible.

Carolina, su ama de llaves, se va a ir porque va a casarse con el panadero de al lado. Hoy se lo dijo al Sr. Beethoven, que se puso furioso y le arrojó un huevo.

Luego bajó corriendo la escalera el Sr. Schindler como un gato asustado. Él le había dicho al Sr. Beethoven que su traje no estaría listo para el concierto y trató de mencionarle otro traje; pero, como dijo el mismo Sr. Schindler: "El maestro no está de humor para pequeños detalles".

Y yo, para colmo, no he mejorado nada la situación. Hoy, cuando estaba en su cuarto, eché sin querer al piso unos papeles al pasar cerca de su escritorio. Quedaron todos revueltos y me temo que estaban ordenados de una manera especial porque el Sr. Beethoven dijo: "Ahora tendré que rehacer el trabajo que ya había hecho".

Tío, justo ahora que las cosas estaban mejorando, he vuelto a arruinarlo todo.

Tu sobrino

28 de abril de 1824

Mi querido Christoph:

¿Qué puedo hacer para consolarte? Quizás decirte que el Sr. Beethoven es famoso por su mal genio y que sus cambios de humor no se deben a ti.

Nada más imagínate lo frustrante que ha de ser su vida. Imagínate lo que ha de ser no poder oír las voces de las personas, no poder oír a los pájaros cantar, o el susurro del viento en los árboles o el repicar de las campanas. Piensa que él no puede oír la música que se toca, ¡ni siquiera la suya!

Así que el Sr. Beethoven tiene mal genio. Pero, ¿cómo no tenerlo? Sin embargo, si te pones a escuchar su música, oirás que él tiene un gran corazón, un corazón demasiado grande como para quedarse por mucho tiempo enojado con un niño que no tiene la culpa de nada.

Según me cuentas en tu carta, tu alegría se ha esfumado por el momento. Pero te doy mi palabra, Christoph, que también la mala fortuna encuentra su manera de esfumarse.

Te saluda,
Tío Karl

Esta esquela sin firma ni fecha fue escrita en mayo de 1824,
en la víspera del estreno de la Novena Sinfonía.
Llegó metida dentro de la carta que le sigue.

Querido tío:

El Sr. Beethoven ya se ha olvidado del incidente de los papeles. Esta tarde, me dio un apretón afectuoso en la espalda cuando nos cruzamos por el pasillo.

En estos momentos la casa está en silencio y yo me encuentro solo. El concierto es mañana por la noche; y por eso, lógicamente, no consigo dormir. Me quedo pensando en el Sr. Beethoven, arriba solo en su habitación. No le he oído hacer ningún ruido por un largo rato y me pregunto qué estará pensando en este instante. Me pregunto si él, como yo, está despierto a estas horas.

Quizás en su mente esté oyendo algo muy hermoso.

7 de mayo de 1824

Querido tío:

Esta noche he asistido al estreno de la Novena Sinfonía. Ya es muy tarde y he estado tratando de dormir, pero parece que no voy a poder hasta que no te relate cómo ha sido esta noche.

El concierto era tal como me lo había imaginado. El Sr. Beethoven estaba en el escenario, moviendo los brazos de la misma manera en que tantas veces antes le había visto hacerlo en su habitación. Luego estaban las cantantes. A ellas también las había visto varias veces subir y bajar a trote por las escaleras. Y, además, estaban los músicos con el ceño fruncido tratando de leer sus partituras. Todo esto me era bastante familiar.

Fue la música, tío, la que me tomó por sorpresa. Y, cuando terminó, el público estaba que no se podía contener: todos levantados de sus asientos aplaudían y coreaban y agitaban pañuelos haciendo todo lo posible por que el Sr. Beethoven los oyera.

Pero él no pudo oírnos y no supo que estábamos coreando hasta que una de las sopranos lo tomó del brazo y le hizo voltear hacia el público. Fueron cuatro las veces que el teatro pareció terminar de aplaudir pero volvió a empezar a dar palmas y a corear nuevamente. Y allí en el escenario, el Sr. Beethoven hacía reverencia ante el aplauso del público.

Camino a casa en el coche, yo podía oír la música en mi cabeza; pero mis pensamientos se dirigían más al Sr. Beethoven. Con tantos problemas, ¿cómo es que puede tener el corazón lleno de gozo?

Me es imposible describir su música, tío. Sólo te puedo decir que su música me hizo pensar.

Querido tío, qué difícil ha de ser la vida del Sr. Beethoven. Sentir tanto por dentro, incluso tanto gozo, tiene que ser casi más de lo que él puede soportar.

Christoph

En junio de 1824, por fin pude ir a Viena, a la casa de mi hermana,
sus mellizas y Christoph. Fue Christoph, lógicamente, quien más se
deleitaba en contarme las muchas excentricidades del genio del piso de
arriba. Esta carta, cuya parte final se ha extraviado, es la última en la
que mi sobrino menciona al Sr. Beethoven. Llegó a mi casa de Salzburgo
casi un año después de mi viaje a Viena.

31 de marzo de 1825

Querido tío:

Como sabrás, el Sr. Beethoven se mudó de casa poco después de que te fuiste. Pero lo he vuelto a ver y pensé que a ti te gustaría enterarte de esto.

Me encontré con él en la calle. Lo vi pasar muy de prisa, tarareando una melodía como siempre. Corrí hacia él y lo tomé de la manga. Al principio, lo vi un poco turbado, pero luego me reconoció y me dijo, asiéndome de las manos: "¡Pero si es el pequeño guardián!"

Tomé su cuaderno y le pregunté si se encontraba bien. Según me dijo, él había creído que su salud iría a mejorar si se mudaba a un lugar que no estuviera cerca del río; pero no fue así. Yo le dije que, cuando fuera grande, iba a ser médico como mi papá y que lo iba a curar.

Me preguntó por mamá y las mellizas, y se alegró al oír que mamá ha vuelto a dar clases de piano. Cuando le dije que lo extrañábamos, me tomó las manos y bajó la mirada.

En cuanto a lo demás, las mellizas por fin han dejado de gritar, aunque sé que esta racha de buena suerte no va a durar. Vi cómo se miraban la una a la otra en su cochecito y estoy seguro de que algo están tramando.

Ah, tío, ¡me olvidaba de la mejor parte! Mamá accedió a que me quedara con el perro. Sí, y, como siempre está meneando la cola, le he puesto el nombre de Metrónomo.